Der Abschied

Friedrich Schiller

Ein Fragment aus dem zweiten Bande des Geistersehers.

„Voriges Frühjahr,“ fing Civitella seine Erzählung an, „hatte ich das Unglück, den spanischen Ambassadeur gegen mich aufzubringen, der in seinem siebenzigsten Jahr die Thorheit begangen hatte, eine achtzehnjährige Römerin für sich allein heurathen zu wollen. Seine Rache verfolgte mich, und meine Freunde riethen mir an, mich durch eine zeitige Flucht den Wirkungen derselben zu entziehen, bis mich entweder die Hand der Natur oder eine gütliche Beilegung von diesem gefährlichen Feind befreit haben würden. Weil es mir aber doch zu schwer fiel, Venedig ganz zu entsagen, so nahm ich meinen Aufenthalt in einem entlegenen Quartier von Murano, wo ich unter einem fremden Namen ein einsames Haus bewohnte, den Tag über mich verborgen hielt, und die Nacht meinen Freunden und dem Vergnügen lebte.“

„Meine Fenster wiesen auf einen Garten, der von der Abendseite an die Ringmauer eines Klosters stieß, gegen Morgen aber, wie eine kleine Halbinsel in die Laguna hineinlag. Der Garten hatte die reizendste Anlage, ward aber wenig besucht. Des Morgens, wenn mich meine Freunde verließen, hatte ich die Gewohnheit, ehe ich mich schlafen legte, noch einige Augenblicke am Fenster zuzubringen, die Sonne über dem Golf aufsteigen zu sehen, und ihr dann gute Nacht zu sagen. Wenn Sie Sich diese Lust noch nicht gemacht haben, gnädigster Prinz, so empfehle ich Ihnen diesen Standort, den ausgesuchtesten vielleicht in ganz Venedig, diese herrliche Erscheinung zu genießen. Eine purpurne Nacht liegt über der Tiefe, und ein goldener Rauch verkündigt sie von fern am Saum der Laguna. Erwartungsvoll ruhen Himmel und Meer. Zwei Winke, so steht sie da, ganz und vollkommen und alle Wellen brennen – es ist ein entzückendes Schauspiel!"

„Eines Morgens, als ich mich nach Gewohnheit der Lust dieses Anblicks überlasse, entdecke ich auf einmal, daß ich nicht der einzige Zeuge desselben bin. Ich glaube Menschenstimmen im Garten zu vernehmen, und als ich mich nach dem Schall wende, nehme ich eine Gondel wahr, die an der Wasserseite landet. Wenige Augenblicke, so sehe ich Menschen im Garten hervor kommen, und mit langsamen Schritten, Spaziergehenden gleich, die Allee herauf wandeln. Ich erkenne, daß es eine Mannsperson und ein Frauenzimmer ist, die einen kleinen Neger bei sich haben. Das Frauenzimmer ist weiß gekleidet, und ein Brillant spielt an ihrem Finger; mehr läßt mich die Dämmerung noch nicht unterscheiden."

„Meine Neugier wird rege. Ganz gewiß ein Rendezvous und ein liebendes Paar – aber an diesem Ort und zu einer so ganz ungewöhnlichen Stunde! – denn kaum war es drei Uhr und alles lag noch in trübe Dämmerung verschleiert. Der Einfall schien mir neu, und zu einem Roman die Anlage gemacht. Ich wollte das Ende erwarten."

„In den Laubgewölben des Gartens verlier ich sie bald aus dem Gesicht, und es wird lange, bis sie wieder erscheinen. Ein angenehmer Gesang erfüllt unterdessen die Gegend. Er kam von dem Gondolier, der sich auf diese Weise die Zeit in seiner Gondel verkürzte, und dann von einem Kameraden aus der Nachbarschaft geantwortet wurde. Es waren Stanzen aus dem Tasso; Zeit und Ort stimmten harmonisch dazu, und die Melodie verklang lieblich in der allgemeinen Stille.“

„Mittlerweile war der Tag angebrochen, und die Gegenstände ließen sich deutlicher erkennen. Ich suche meine Leute. Hand in Hand gehen sie jetzt eine breite Allee hinauf und bleiben öfters stehen, aber sie haben den Rücken gegen mich gekehrt, und ihr Weg entfernt sie von meiner Wohnung. Der Anstand ihres Ganges läßt mich auf einen vornehmen Stand, und ein edler engelschöner Wuchs auf eine ungewöhnliche Schönheit schließen. Sie sprachen wenig, wie mir schien, die Dame jedoch mehr als ihr Begleiter. An dem Schauspiel des Sonnenaufgangs, das sich jezt eben in höchster Pracht über ihnen verbreitete, schienen sie gar keinen Antheil zu nehmen.“

„Indem ich meinen Tubus herbeihohle und richte, um mir diese sonderbare Erscheinung so nahe zu bringen als möglich, verschwinden sie plözlich wieder in einem Seitenweg, und eine lange Zeit vergeht, ehe ich sie wieder erblicke. Die Sonne ist nun ganz aufgegangen, sie kommen dicht unter mir vor und sehen mir gerade entgegen. - - - Welche himmlische Gestalt erblicke ich! – War es das Spiel meiner Einbildung, war es die Magie der Beleuchtung? Ich glaubte ein überirdisches Wesen zu sehen, und mein Auge floh zurücke, geschlagen von dem blendenden Licht. – So viel Anmuth bei so viel Majestät! So viel Geist und Adel bei so viel blühender Jugend! – Umsonst versuch’ ich, es Ihnen zu beschreiben. Ich kannte keine Schönheit vor diesem Augenblick.“

„Das Interesse des Gesprächs verweilt sie in meiner Nähe und ich habe volle Musse, mich in dem wundervollen Anblick zu verlieren. Kaum aber sind meine Blicke auf ihren Begleiter gefallen, so ist selbst diese Schönheit nicht mehr im Stande, sie zurück zu rufen. Er schien mir ein Mann zu seyn in seinen besten Jahren, etwas hager und von großer edler Statur – aber von keiner Menschenstirne strahlte mir noch so viel Geist, so viel Hohes, so viel Göttliches entgegen. Ich selbst, obgleich vor aller Entdeckung gesichert, vermochte es nicht, dem durchbohrenden Blick Stand zu halten, der unter den finstern Augenbrauen blitzewerfend hervorschoß. Um seine Augen lag eine stille rührende Traurigkeit, und ein Zug des Wohlwollens um die Lippen milderte den trüben Ernst, der das ganze Gesicht überschattet. Aber ein gewisser Schnitt des Gesichts, der nicht europäisch war, verbunden, mit einer Kleidung, die aus den verschiedensten Trachten, aber mit einem Geschmacke, den niemand ihm nachahmen wird, kühn und glücklich gewählt war, gaben ihm eine Miene von Sonderbarkeit, die den außerordentlichen Eindruck seines ganzen Wesens nicht wenig erhöhte. Etwas irres in seinem Blicke konnte einen Schwärmer vermuthen lassen, aber Gebehrden und äußrer Anstand verkündigten einen Mann, den die Welt ausgebildet hat."

Z***, der, wie Sie wissen, alles heraussagen muß, was er denkt, konnte hier nicht länger an sich halten. Unser Armenier! rief er aus. Unser ganzer Armenier, niemand anders!

Was für ein Armenier, wenn man fragen darf? sagte Civitella.

Hat man Ihnen die Farce noch nicht erzählt? sagte der Prinz. Aber keine Unterbrechung! Ich fange an, mich für Ihren Mann zu interessiren. Fahren Sie fort in Ihrer Erzählung.

„Etwas Unbegreifliches war in seinem Betragen. Seine Blicke ruhten mit Bedeutung, mit Leidenschaft auf ihr, wenn sie wegsah, und sie fielen zu Boden, wenn sie auf die ihrigen trafen. Ist dieser Mensch von Sinnen? dachte ich. Eine Ewigkeit wollt ich stehen, und nichts anders betrachten."

„Das Gebüsche raubte sie mir wieder. Ich erwartete lange, lange, sie wieder hervorkommen zu sehen, aber vergebens. Aus einem andern Fenster endlich entdeck' ich sie aufs neue."

„Vor einem Bassin standen sie, in einer gewissen Entfernung von einander, beide in tiefes Schweigen verloren. Sie mochten schon ziemlich lange in dieser Stellung gestanden haben. Ihr offnes seelenvolles Auge ruhte forschend auf ihm, und schien jeden aufkeimenden Gedanken von seiner Stirne zu nehmen. Er, als ob er nicht Muth genug in sich fühlte, es aus der ersten Hand zu empfangen, suchte verstohlen Ihr Bild in der spiegelnden Fluth, oder blickte starr auf den Delphin, der das Wasser in das Becken sprizte. Wer weiß, wie lang dieses stumme Spiel noch gedauert haben würde, wenn die Dame es hätte aushalten können? Mit der liebenswürdigsten Holdseligkeit ging das schöne Geschöpf auf ihn zu, faßte, den Arm um seinen Nacken flechtend, eine seiner Hände, und führte sie zum Munde. Gelassen ließ der kalte Mensch es geschehen, und ihre Liebkosung blieb unerwiedert."

„Aber es war etwas an diesem Auftritt, was mich rührte. Der Mann war es, was mich rührte. Ein heftiger Affekt schien in seiner Brust zu arbeiten, eine unwiderstehliche Gewalt ihn zu ihr hinzuziehen, ein verborgener Arm ihn zurück zu reissen. Still aber schmerzhaft war dieser Kampf, und die Gefahr so schön an seiner Seite. Nein, dachte ich, er unternimmt zu viel. Er wird, er muß unterliegen."

„Auf einen heimlichen Wink von ihm verschwindet der kleine Neger. Ich erwarte nun einen Auftritt von empfindsamer Art, eine knieende Abbitte, eine mit tausend Küssen besiegelte Versöhnung. Nichts von dem allen. Der unbegreifliche Mensch nimmt aus einem Portefeuille ein versiegeltes Paquet, und gibt es in die Hände der Dame. Trauer überzieht ihr Gesicht, da sie es ansieht, und eine Thräne schimmert in ihrem Auge."

„Nach einem kurzen Stillschweigen brechen sie auf. Aus einer Seitenallee tritt eine bejahrte Dame zu ihnen, die sich die ganze Zeit über entfernt gehalten hatte, und die ich jezt erst entdecke. Langsam gehen sie hinab, beide Frauenzimmer in Gespräch mit einander, während dessen er der Gelegenheit wahrnimmt, unvermerkt hinter ihnen zurück zu bleiben. Unschlüßig und mit starrem Blick nach ihr hingewendet, steht er und geht und steht wieder. Auf einmal ist er weg im Gebüsche."

„Voran sieht man sich endlich um. Man scheint unruhig, ihn nicht mehr zu finden, und steht stille, wie es scheint, ihn zu erwarten. Er kommt nicht. Die Blicke irren ängstlich umher, die Schritte verdoppeln sich. Meine Augen helfen den ganzen Garten durchsuchen. Er bleibt aus. Er ist nirgends."

„Auf einmal hör ich am Kanal etwas rauschen, und eine Gondel stößt vom Ufer. Er ists, und mit Mühe enthalt ich mich, es ihr zuzuschreyen. Jezt also wars am Tage – Es war eine Abschiedsscene."

„Sie schien zu *ahnden*, was ich *wußte*. Schneller, als die andre ihr folgen kann, eilt sie nach dem Ufer. Zu spät. Pfeilschnell fliegt die Gondel dahin, und nur ein weißes Tuch flattert noch fern in den Lüften. Bald darauf seh ich auch die Frauenzimmer überfahren."

Als ich von einem kurzen Schlummer erwachte, mußte ich über meine Verblendung lachen. Meine Phantasie hatte diese

Begebenheit im Traum fortgesezt, und nun wurde mir auch die Wahrheit zum Traume. Ein Mädchen, reizend wie eine Houri, die vor Tagesanbruch in einem abgelegenen Garten vor meinem Fenster mit ihrem Liebhaber lustwandelt, ein Liebhaber, der von einer solchen Stunde keinen bessern Gebrauch zu machen weiß, dieß schien mir eine Composition zu seyn, welche höchstens die Phantasie eines Träumenden wagen und entschuldigen konnte. Aber der Traum war zu schön gewesen, um ihn nicht so oft als möglich zu erneuern, und auch der Garten war mir jezt lieber geworden, seit dem ihn meine Phantasie mit so reizenden Gestalten bevölkert hatte. Einige unfreundliche Tage, die auf diesen Morgen folgten, verscheuchten mich von dem Fenster, aber der erste heitre Abend zog mich unwillkührlich dahin. Urtheilen Sie von meinem Erstaunen, als mir nach kurzem Suchen das weiße Gewand meiner Unbekannten entgegenschimmerte. Sie war es selbst. Sie war wirklich. Ich hatte nicht bloß geträumt."

„Die vorige Matrone war bei ihr, die einen kleinen Knaben an der Hand führte; sie selbst aber ging in sich gekehrt und seitwärts. Alle Plätze wurden besucht, die ihr noch vom vorigenmale her durch ihren Begleiter merkwürdig waren. Besonders lange verweilte sie an dem Bassin, und ihr starr hingeheftetes Auge schien das geliebte Bild vergebens zu suchen."

„Hatte mich diese hohe Schönheit das erstemal hingerissen, so wirkte sie heute mit einer sanftern Gewalt auf mich, die nicht weniger stark war. Ich hatte jezt vollkommene Freiheit, das himmlische Bild zu betrachten; das Erstaunen des ersten Anblicks machte unvermerkt einer süssen Empfindung Platz. Die Glorie um sie verschwindet, und ich sehe in ihr nichts mehr, als das schönste aller Weiber, das meine Sinne in Glut sezt. In diesem Augenblick ist es beschlossen. Sie muß *mein* seyn.“

„Indem ich bei mir selbst überlege, ob ich hinunter gehe und mich ihr nähere, aber, eh' ich dieses wage, erst Erkundigungen von ihr einziehe, öfnet sich eine kleine Pforte an der Klostermauer, und ein Karmelitermönch tritt aus derselben. Auf das Geräusch, das er macht, verläßt die Dame ihren Platz und ich sehe sie mit lebhaften Schritten auf ihn zu gehen. Er zieht ein Papier aus dem Busen, wornach sie begierig hascht, und eine lebhafte Freude scheint in ihr Angesicht zu fliegen.“

„In eben diesem Augenblick treibt mich mein gewöhnlicher Abendbesuch von dem Fenster. Ich vermeide es sorgfältig, weil ich keinen andern diese Eroberung gönne. Eine ganze Stunde muß ich in dieser peinlichen Ungeduld aushalten, bis es mir endlich gelingt, diese Ueberlästigen zu entfernen. Ich eile an mein Fenster zurück, aber verschwunden ist alles!“

„Der Garten ist ganz leer als ich hinunter gehe. Kein Fahrzeig mehr im Kanal. Nirgends eine Spur von Menschen. Ich weiß weder, aus welcher Gegend sie kam, noch wohin sie gegangen ist. Indem ich, die Augen aller Orten herum gewandt, vor mich hinwandle, schimmert mir von fern etwas weißes im Sand entgegen. Wie ich hinzutrete, ist es ein Papier, in Form eines Briefs geschlagen. Was konnte es anders seyn, als der Brief, den der Karmeliter ihr überbracht hatte? Glücklicher Fund, ruf' ich aus. Dieser Brief wird mir das ganze Geheimniß aufschließen, er wird mich zum Herrn ihres Schicksals machen!“

Der Brief war mit einer Sphinx gesiegelt, ohne Ueberschrift, und in Chiffern verfaßt; dieß schreckte mich aber nicht ab, weil ich mich auf das Dechiffrieren verstehe. Ich kopiere ihn geschwind, denn es war zu erwarten, daß sie ihn bald vermissen und zurückkommen würde, ihn zu suchen. Fand sie ihn nicht mehr, so mußte ihr dieß ein Beweis seyn, daß der Garten von mehrern Menschen besucht würde, und diese Entdeckung konnte sie leicht auf immer daraus verscheuchen. Was konnte meiner Hofnung schlimmers begegnen?"

„Was ich vermuthet hatte geschah. Ich war mit meiner Kopie kaum zu Ende, so erschien sie wieder mit ihrer vorigen Begleiterin, beide ängstlich suchend. Ich bevestige den Brief an einem Schiefer, den ich vom Dache los mache, und lasse ihn an einen Ort herabfallen, an dem sie vorbei muß. Ihre schöne Freude, als sie ihn findet belohnt mich für meine Großmuth. Mit scharfem prüfenden Blick, als wollte sie die unheilige Hand daran ausspähen, die ihn berührt haben konnte, musterte sie ihn von allen Seiten; aber die zufriedene Miene, mit der sie ihn zu sich steckte, bewies, daß sie ganz ohne Arges war. Sie ging, und ein zurückfallender Blick ihres Auges nahm einen dankbaren Abschied von den Schutzgöttern des Gartens, die das Geheimniß ihres Herzens so treu gehütet hatten."

„Jezt eilte ich den Brief zu entziffern. Ich versuchte es mit mehrern Sprachen; endlich gelang es mir mit der Englischen. Sein Inhalt war mir so merkwürdig, daß ich ihn auswendig behalten habe."

Die Fortsetzung nächstens.